SIGUIENDO

EL ORDEN *divino*

de Dios

CHRISTINE POLANCO

ISBN: 979-8-9862688-5-9

Faith Art Studio LLC

Dedicación

Dedico este libro a mis hijos, Christian y Christina, y a nuestras futuras generaciones. Quiero recordarles lo poderosos y influyentes que pueden ser siempre y cuando lo usen para el bien mayor, reconozcan lo que el mundo necesita con compasión, y aprendan a caminar con audacia y autoridad para que cuando llegue el momento de manifestar plenamente la voluntad de Dios no tengan miedo de compartirla con el mundo como yo lo hice. No te disculpes por Dios y lucha siempre en oración.

Te quiero, mamá

CONTENIDO

Introducción

¿Puedes creer que empecé un negocio con señales y maravillas y un salto de Fe? Sígueme a través de mi viaje de una madre soltera que tenía la clave para romper todas las maldiciones generacionales sobre su linaje como resultado de ... Fe y obediencia.

LA GENTE ROTA HACE DAÑO A LA GENTE ROTA

Capítulo 1

Al crecer en un hogar cristiano, muchos de nosotros aprendimos a sobrevivir, pero no a entender la fe que influye en nuestras decisiones cotidianas. "En la religión", mientras seas una buena persona, des con alegría y asistas a los servicios dominicales, eso parece ser suficiente. La gente van a la iglesia para obtener satisfacción temporal, trabajo, vivienda y relaciones, sólo para que se satisfagan sus necesidades. Algunos lo hacen para sentirse bien consigo mismos. ***No siempre es por las razones correctas.***

Aunque comprendo que la idea de que la Iglesia sea imperfecta haga que algunas personas se sienten desesperados. El problema es que son lideres que no son transparentes o directos acerca de lo que debemos hacer ni enfatizan la importancia de crecer espiritualmente. Muchos han fallado en ayudar a rescatar y liberar (entregar) esas almas perdidas por no enseñar los principios de la salvación.

Es una de esas muchas cosas en las que vas a la iglesia el domingo y vives normalmente durante el resto de la semana. No nos enseñaron que las experiencias de la vida construye el carácter o cómo se supone que deben transformarnos, no mantenernos iguales.

Recuerdo el día en que mi padre le tiró el anillo de matrimonio a mi madre. Yo sólo tenía siete años. Le dijo que quería el divorcio. Fue en ese mismo momento cuando todo empezó a desmoronarse en nuestras vidas. Su divorcio me rompió. Me hirió de formas que no podía controlar. Fue el comienzo de mi trauma emocional.

Cuando somos niños, dependemos totalmente de nuestra madre y nuestro padre en busca de amor y seguridad. Su divorcio había puesto a prueba lo que yo sentía por ellos. A veces, me resultaba muy duro estar en un hogar en el que no había estabilidad ni el sentimiento de amor. Cuando perdemos la conexión emocional con nuestros padres, empezamos a perdernos como individuos. *Del mismo modo, cuando perdemos la conexión con Dios, todo empieza a deteriorarse.*

Todos los valores de un hogar cristiano se fueron por el desagüe. A través de algunos problemas en nuestra familia, fui testigo de las terribles consecuencias del pecado. No necesitaba muchos versículos para entender que ciertas actividades cuestionables no eran agradables a Dios. Había visto influencias destructivas en mi propio hogar.

Hubo momentos en los que nos quedamos sin comer o incluso sin que nos reconocieran mientras estábamos al cuidado de mi madre. Sentía resentimiento hacia ella. Sentía que su comportamiento no era amor y que nada de lo que hacía estaba bien. Me sentía vacía por dentro porque no tenía el amor y la crianza de mi madre, no sabía cómo quererme a mí misma y detestaba cómo me hacía sentir.

Aunque mi padre era un gran proveedor, siempre recogía las carencias de mi madre, pero no siempre era amable. Su divorcio también afectó a la forma en que mi padre nos trataba emocionalmente. *Empecé a reprimir mis sentimientos y aprendí a aceptar muchas cosas que no me parecían bien.*

Nos convertimos en expertos en ocultar la ansiedad, el miedo y la ira; fingimos que no pasa nada, por muy mal que nos sintamos. *Con el tiempo, se convertirá en nuestra norma, reflejada en comportamientos tóxicos y disfuncionales y en ciclos repetidos.*

¿Has estado alguna vez en un lugar en el que toda tu vida cambió en un segundo? ¿Cómo se sintió?

_____

_____

_____

_____

_____

_____

_____

_____

_____

_____

En mi primer año de instituto conocí al padre de mis hijos y nos hicimos pareja. Lo que más me gustaba era su personalidad. Los dos éramos bromistas. No hacíamos más que reír todos los días. Se convirtió en la alegría de mi vida. Despues de algun tiempo finalmente termino mudandose con nosotros.

Extrañamente, un día mi madre decidió mudarse sin avisar. Me dejaron valerme por mismo con solo 16 años. Nos quedamos sin calefacción, sin comida y sin electricidad durante un tiempo hasta que decidimos preguntarle a mi padre si podíamos quedarnos con él al menos un mes o así hasta que encontráramos un apartamento asequible para los dos.

Sólo un recordatorio, los hogares rotos crean niños rotos si no recibe la curación adecuada.

A los 17 años ya teníamos nuestro primer estudio. Empezamos a concentramos en nuestra relación. Hicimos todo juntos y, aunque supiera que estaba mal, seguiria despuesto a hacerlo. Quería demostrarle que era leal. De alguna manera, conseguimos que funcionara hasta que las mentiras, los engaños y las promesas rotas empezaron a convertirse en una forma normal de vida para él. Me dejo encargarme de todas las responsabilidades. Por muy frustrante que fuera, a pesar del dolor y los desengaños, siempre quise ayudarle.

Simpatizaba con él y me identificaba con él de muchas maneras. Creía que si le quería un poco más o un poco más, acabaría curándose, pero no sabía que yo también arrastraba heridas de mi trauma infantil. Lo soporté todo, desde el encarcelamiento hasta el maltrato físico y mental. Pasamos por muchos años de luchas, y todo lo que puedo pensar es que esto es sólo parte del crecimiento, ***pero ¿era realmente parte de él o la falta de sabiduria?*** Nos enamoramos de las partes rotas de nosotros que pudimos conectar.

Viviamos imprudentemete; violamos muchos mandamientos de las leyes de Dios. Hicimos todo lo que podría habernos llevado a la cárcel o incluso a la muerte. ¡Dios nos perdonó la vida tantas veces! Pasamos muchas noches discutiendo, peleando, constantemente enojados e infelices. Creo que todo tiene que ver con cosechar lo que has sembrado. Cuando te rodeas de otras cancerosas relaciones, te consumes con ese tipo de estilo de vida.

Empiezas a asumir que todas las relaciones son iguales y que tienes que aceptarlo. Tuve que reconocer el papel que desempeñé en mi relación porque permití su comportamiento y todas las cosas malas que él y yo hacíamos cuando yo sabía lo que estaba bien y lo que estaba mal. Estaba de acuerdo con todo lo que él quería hacer, y la sola idea de estar a su lado formaba parte de lo que se supone que debe hacer una mujer. Empezar una relación a una edad temprana fue el problema principal, pero cuando eres joven e inmadura una vez que te enamoras nada más importa.

Pasé por años de dolor, tuve
estrés constante,
Incluso dejé de tener amigos,
dejé de ir a la escuela.
Toda mi atención se centrada en él y en nuestra relación.

La capacidad de ver mi *autoestima* era muy escasa de dentro a fuera. Me volví tan amargada que lo odiaba con pasión. Perdí de vista quién era yo. Fue una de las épocas más deprimentes de mi vida.

Cada vez que él intentaba solucionarlo, yo estaba menos interesada en seguir juntos debido al largo dolor que sufrí. No podia perdonarlo por completo. Revivía cada pecado diariamente en mi corazón. Me estaba volviendo loca. Estaba enferma de amor, no podía comer, no podía dormir. ¡¡¡¡¡Senti que me moria

No estábamos creciendo en absoluto. Ya no me sentía segura con él; la seguridad que antes me daba fue desapareciendo poco a poco. Estaba perdiendo la atracción original porque él se había convertido en una persona ASQUEROSA. Me di cuenta de que había proyectado mi dependencia infantil en él. *El vacío que intentaba llenar con él tenía un precio.*

Cuando crecemos aceptando lo inaceptable porque no nos queda más remedio, nos convertimos en adultos temerosos de defendernos. Aprendemos a ocultar nuestra ira y a mantener la paz a toda costa, así como el coste en nosotros mismos. A través de esa experiencia he aprendido a saber cuándo es el momento de dejarlo ir. De lo contrario, nos quedamos atrapados en malas situaciones, sintiéndonos impotentes para hacer que nuestras relaciones cambien.

Muchas personas han experimentado una relación en la que querían dejar ir al otro pero tampoco querían a nadie más con ellos; confusión, ¿verdad? Dios no trae confusión a tu vida.

Esa es otra forma de discernir (es decir, juzgar bien) las diferencias en lo que se alinea con Dios. *En 1 Corintios 14:33 dice: "Dios no es autor de confusión".*

Tuve que experimentar la confusión para crecer y comprender lo que viene de Dios y lo que no viene de Dios. No sólo me ayudó a crecer interiormente, sino que también me ayudó a entender por qué había tanto dolor entre dos personas que se amaban. Una de las razones principales era *que la gente rota hace daño a la gente rota.* Es así de sencillo. No puedes derramar de una copa vacía; debes permitirte sanar y estar completo antes de entregarte a otra persona. Poner a Dios antes

que a un hombre debe ser siempre una priori-
dad. Tendemos a creer que podemos ayudar a
un corazón roto con un corazón roto, pero en
realidad, lo único que hace es drenarte.

Echando la vista atrás, los dos veníamos de
hogares rotos en los que los matrimonios no
duraban ni se respetaban. No tuvimos ningún
modelo positivo en lo que respecta a las relaciones, y mucho menos responsabilidades
reales de las que aprender.

Las estadisticas muestran que los ninos que
provienen de hogares destrozados tienen
tasas mas altas de embarazo adolescente,
delincuencia juvenil, desercion escolar y otros
resultados negativos. Esto es exactamente lo
que paso en mi vida. Es muy triste las expectativas de fracaso son mayores que las de exito.
Le habia dado a este hombre todo mi corazon.

Hice todo lo posible por probarme a mí misma
y demostrarle que le quería, pero por mucho
que hiciera por él, seguía haciéndome sentir
que no importaba. No sólo me faltó al respeto
como mujer, sino que me destruyó física y
mentalmente. Lo que estaba experimentando

es exactamente lo que sucede cuando se peca. Yo no estaba casada, y estaba teniendo un bebé con un hombre que no sólo no estaba sirviendo a Dios, sino que no era mentalmente capaz de dirigir un hogar con la mentalidad de la calle, que era lo único que conocía.

La razón por la que explico trozos de mi vida es porque quiero que entiendas que no importa de dónde vengas. No importa lo que hayas hecho o el ciclo generacional que se haya pronunciado sobre tu vida. No somos perfectos de ninguna forma. Todos venimos de diferentes culturas, etnias y trasfondos, pero todos somos amados por un Dios, aún con nuestras propias decisiones egoístas. Dios se asegurará de que cada lágrima y cada dolor sean para Su Gloria.

¿Estás atravesando una tormenta que aún no entiendes por qué?

_____

_____

_____

_____

_____

_____

_____

_____

_____

_____

_____

Tú vas a ser la razón por la que la próxima generación de tu linaje familiar supere lo que una vez fue un círculo vicioso.

Así que.....

Permítanme desglosar esto. Las maldiciones son el resultado de la rebelión, ya sea de uno mismo o a través de la línea de sangre. En la Biblia, podemos ver enfermedad, ceguera, locura. Es una creencia en la siembra y la cosecha. Cosechamos en áreas de desobediencia. Si estamos experimentando fracaso, buscamos donde nosotros o alguien en nuestra línea familiar ha roto los pactos de Dios. Los pactos son un acuerdo que usted hace con Dios. Heredamos la tendencia a pecar a través de nuestros genes a través de ejemplos de otros.

Sin embargo, la *buena noticia* es que podemos romper el vínculo del pecado generacional. *Jesús vino y rompió la esclavitud del pecado cuando dijo: "Consumado es". Y así, cuando aceptamos a Jesucristo como nuestro Señor y Salvador, la sangre que nos libera del pecado es la misma sangre que se apropia para nuestra sanidad y maldiciones. (Ver Juan 19:28-30) ¡¡¡Que asombroso es eso!!!*

Me encontré pensando negativamente, aceptando menos y permitiendo que el dolor siguiera resurgiendo en mi interior. No sabía cómo quitármelo de encima. No sólo me afectaba físicamente, sino también mentalmente. Finalmente me armé de valor y lo dejé para siempre.

Mi vida empezó a mejorar poco a poco, aumenté mi confianza y mi autoestima. Obtuve el título de bachillerato. Obtuve muchos certificados diferentes.

Incluso llegué a experimentar la universidad. Aprendí a reconstruirme a través de Dios y no de un hombre. Tienes que aprender a distinguir una relación sana de una tóxica. Porque es importante con quién decides casarte y tener hijos. Entré en una época de aislamiento.

Así se sabe lo que es el amor: Jesucristo dio su vida por nosotros. Y nosotros debemos dar la vida por nuestros hermanos y hermanas. -1 Juan 3:16

TEMPORADA DE AISLAMIENTO

Capítulo 2

Cuando entré en mi temporada de aislamiento, pasé por una montaña rusa de emociones diferentes. Fue muy doloroso y me creó un sentimiento de indignidad. Sentía que estaba perdiendo a todos los que valoraba y amaba. Sentí que Él me estaba mostrando un patrón de disfunción a través de las acciones de los que me rodeaban y de mí misma. Sentí que Dios estaba revelando mis debilidades. Sentí que me estaba enseñando a ser amada. Sentí que me estaba quebrantando. Sentí vacío.

Sin embargo, lo que me hizo seguir adelante fue la constancia y la sabiduría educadora de mi padre. Siempre fue muy alentador. Me recordaba: "Christina, todo lo que tienes que hacer es venir a Él con todo tu corazón; Él hará el resto".

El hecho de que Cristo se sirva de personas imperfectas para realizar su obra en la tierra es, en realidad, un signo de su gracia, no de su ausencia. Seguí el consejo de mi padre. Empecé a desarrollar una relación más estrecha con Dios. El año 2017 fue una experiencia que me cambió la vida; le devolví mi vida a Dios. Terminé bautizándome y comencé mi camino con Cristo. No hay nada más desafiante que cambiar toda la trayectoria de tu vida, desde la forma en que piensas hasta la forma en que procesas la información y cómo superar comportamientos disfuncionales. Dios tuvo que separarme de las personas que no vivían de acuerdo con Su voluntad para mi vida.

Cuando empecé a crecer en mi relación con Cristo, Él comenzó a revelar la intensidad de mi quebrantamiento. A menudo me sentía fracasada. Nada en mi vida parecía salirme bien: desde perder la conexión con mi madre hasta la separación del padre de mis hijos, pasando por desasociarme de los demás. Los sentimientos de rechazo, el abandono y la negligencia salían a relucir. Lo afronté de frente porque estaba preparada para un cambio.

Pasó el tiempo y empecé a experimentar la sensación más extraña que he tenido nunca: la convicción y el tirón de mi corazón de hacer algo mejor. Era como si una parte de mí estuviera muriendo y la otra comenzara a vivir. Cuando todos tus caminos están bloqueados y no ves esperanza, todavía hay un Dios. Después de 15 años de fumar, Dios me ha liberado de los impulsos y pensamientos de tener que fumar cigarrillos. Dejé de fumar completamente por la gracia de Dios. Gloria a Dios. Dios me estaba mostrando la vida con un lente completamente nuevo. El me estaba enseñando como ser Amado mientras era quebrantado. Pronto encontré cambios positivos en mí y también en mi hogar. Mis hijos estaban más en paz y más felices. Dios nos dará claridad cuando sea el momento. Vemos nuestros problemas. Vemos nuestro pasado, nuestro presente, nuestro futuro.

Todo se vuelve más comprensible cuanto más te acercas a Dios. Eso es tan importante porque la Biblia dice: *"Como un hombre piensa en su corazón, así es él" -Proverbios 23:7*

Si te ves a ti mismo como indigno atraerás a gente indigna. Si te ves como una víctima, dejarás que otras personas te victimicen. Si te ves a ti mismo como un fracasado, vas a fracasar a menudo. Lo que ves es lo que obtienes. La forma en que pensamos rige nuestra forma de actuar. Y lo que comprendemos se refleja en nuestro estilo de vida. Nuestra fe determina nuestro comportamiento. El problema es que a menudo actuamos basándonos en información falsa o inexacta sobre nosotros mismos.

La verdad de este mensaje es una de las más importantes que puedes aprender en toda tu vida. Si realmente aceptas lo que significa verte como Dios te ve, cambiará la forma en que te ves a ti mismo.

Sin embargo, la separación también fue agradable. Mis mejores momentos de crecimiento y desarrollo ocurrieron cuando Dios me despojó de todo y de todos los que me distraían. Me di cuenta de que el propósito de Dios para la iso- lación es moldearte para convertirte en lo que Él te ha destinado a ser. El proceso puede ser solitario y desalentador, pero el hecho de que sea duro no significa que no sea edificante.

Él te fortalecerá de maneras que nunca podrías imaginar. Dios utiliza esas épocas para acercarnos más a Él y volver a encarrilarnos. Uno de los muchos consejos que puedo darte para esos momentos es que mantengas los ojos fijos en Él.

¿Hay alguien en tu vida que contribuya a tu destrucción? Si tu respuesta es «sí», ¿es hora de que tomes una decisión y reevalúes a los que te rodean?

_____

_____

_____

_____

_____

_____

_____

_____

_____

_____

Restauración

Mi vida como madre es lo que más ha influido en mi deseo de salir de la pobreza generacional. Como madre soltera, la imposibilidad de permitirme unos niveles de vida mínimos, como comida, abrigo y ropa, era muy abrumadora.

Nunca sientes que haces lo suficiente. A veces te sientes completamente agotado. A menudo sufrimos en silencio debido a la presión diaria de tomar decisiones.

La culpa resonaba en mi espíritu porque sabía que, si hubiera tomado mejores decisiones, no habría tenido que experimentar este nivel de lucha. Hubo innumerables ocasiones en las que no tuve más remedio que comprar en tiendas de segunda mano. Por cierto, ahora me encanta comprar en tiendas de segunda mano, ya que satisface mi don de creatividad.

Mi trabajo por sí solo no cubría todos mis gastos. Ponerme constantemente en último lugar mientras ayudaba a los demás, incluso cuando yo misma tenía dificultades, me tenía atrapada en situaciones como quedarme sin gasolina.

Mucha gente se aprovechaba de ello. Había veces en que tenía suficiente para alimentar a mis hijos y no me quedaba nada para alimentarme yo. Siempre me quedaba sin dinero, y eso me llevó a vender mi ropa. Tuve que empeñar muchos artículos para mantener mi hogar, y antes de servir a Dios, vendí drogas e incluso reciclé botellas. Recuerdo una vez que finalmente pagué un collar, y la sensación de pagarlo y poseerlo ¡¡¡fue tan increíble!!! Ese gozo me fue arrebatado cuando llego el momento de pagar la renta, y no tenia suficiente dinero.

No tuve más remedio que empeñarlo y, en aquel momento, no podía permitirme sacarlo.

Estaba destrozada y dolida. La falta de fondos suficientes y de acceso a empleos bien remunerados jugó un gran papel en mis luchas. No podía permitirme una niñera. Perdí muchos trabajos por no tener un plan antes de tener hijos.

Por ejemplo, mi hijo tenía tantas dificultades en el colegio que muchas veces tuve que marcharme temprano, y mis anteriores jefes no fueron tan indulgentes ni mucho menos comprensivos con mi situación personal.

Me enfrentaba a una lucha tras otra. ¡¡¡La vida me pasaba por encima!!!

Desde que el padre de mis hijos y yo nos separamos, él también renunció a criar a sus hijos. Durante años, salté de un trabajo a otro. Tenía dos o tres trabajos a la vez y seguía luchando. Tenía que compaginar mi tiempo con mis hijos. Muchas veces no tenía más remedio que llevarlos conmigo al trabajo. Hacía lo que tenía que hacer para mantener la casa. Me quedé sola durante mucho tiempo. Esto no excusa mi participación en nada ilegal.

Puedes identificarte? Alguna vez has trabajado tan duro por algo y una vez que lo recibiste ni siquiera tuviste la oportunidad de disfrutarlo?

_____

_____

_____

_____

_____

_____

_____

_____

_____

_____

Era muy testaruda y me negaba a pedir ayuda. Solía tener la mentalidad de "no necesito a nadie". Este tipo de mentalidad se considera hiperindependencia, causada por traumas, promesas rotas, problemas de confianza, etc...

Mis limitaciones eran un recordatorio constante: "Sigo luchando". Fueron incontables las veces que clamaba a Dios y le pedía que cambiara mis circunstancias: "Ya he sentido suficiente dolor, ya he experimentado suficientes fracasos, ¡estoy cansado!". "Sólo quiero que las cosas mejoren". Es fácil esperar que Dios lo quite todo, pero ¿qué pasa cuando no lo hace?

Puede que Él no te saque de la tormenta, pero te guiará a través de ella. Las tormentas nos obligan a confiar en la fuerza de Dios y no en la nuestra. Crea resistencia. Resistir es demostrar la capacidad de seguir adelante. En realidad, las experiencias son también una oportunidad para madurar y comprender tus sentimientos y emociones. Aprendí nuevas pautas de comportamiento para sobrevivir. Tuve que aprender a adaptarme rápidamente. A medida que avanzaba en el proceso, empecé a entender por qué seguía lucha. Fue porque me negué a soltar mi vida y permitir que Dios interviniera COMPLETAMENTE.

Todavía guardaba rencor al padre de mis hijos por no haber hecho su parte, abandonando a nuestros hijos tras nuestra ruptura. Seguía lidiando con el dolor que no se había curado cuando era niña. Seguía enfadada con los que me habían hecho daño.

No perdoné a mi madre por las cosas que había hecho. Seguía arrastrando una carga que hacía que algunas partes de mí siguieran siendo las mismas.

Esto se llama Desarrollo Detenido; es una parte de ti que deja de crecer. No importa lo que hagas, estanca por completo tu capacidad de crecer plenamente.

Para que empecemos a ver un cambio en aquello por lo que rezamos, debemos perdonar completamente a aquellos que nos han hecho daño. Debemos limpiar nuestras almas de todo odio y permitir que Dios tome el control de las cosas que no podemos controlar.

Tuve que empezar a aprender a cambiar mi proceso de pensamiento con respecto a mi situación.

Tuve que aprender a deshacer todos los años de aceptar mi manera de vivir. Saber que tenía que desprenderme de lo que normalmente controlaba no era tan agradable, pero formaba parte de mi camino, y tenía que ser obediente y hacer lo que el Señor me dijera que hiciera. Entregué por completo toda mi vida, lo bueno, lo malo y lo feo.

Este proceso no fue nada fácil. Pasé por muchos momentos siendo probada cuando no creía que Dios haría un camino hasta que empecé a ser testigo de pequeños cambios como mis ingresos aumentando lentamente.

Pude ahorrar dinero para los días de lluvia. Mi actitud ante la vida había cambiado, pero no hasta que empecé a ceder realmente a todo el proceso.

Empecé a fijarme objetivos y a cumplirlos. Aprendí a presupuestar mis gastos mensuales. Poco a poco empecé a sentir que me quitaba un peso de encima. Pude volver a respirar y no sentirme asfixiada por las continuas responsabilidades.

Las facturas, el alquiler y la letra del coche seguían ahí, pero ya no controlaban a mí. Este fue el comienzo de mi avance financiero.

Dios tuvo que aislarme para iniciar el proceso de restauración. Dios ha restaurado todos los años que había perdido estando frustrada, disgustada y enfadada. Él me estaba devolviendo a quien estaba destinada a ser antes de pasar por todo aquello. Él estaba renovando mi mente, y yo estaba interpretando la vida a través de la lente de la palabra de Dios en lugar de las lentes de mi experiencia, trauma, u opiniones de los demás. Como mis hijos fueron testigos de cambios drásticos en mí, finalmente decidieron bautizarse y también entregaron sus vidas a Dios. Una de las cosas más importantes que no quería hacer era imponer la idea de que hay que creer sin entender.

Quería que buscaran a Dios por sí mismos y que comprendieran el propósito de buscar a

Dios. Me negué a forzarlos debido a la experiencia que viví de niña. Creo que si guiamos a nuestros hijos y les permitimos buscar por sí mismos, podrán construir una relación genuina con nuestro Salvador. Nuestro trabajo como padres es enseñar el evangelio y vivir alineados con Su voluntad aplicando los principios bíblicos en nuestros hogares.

Lo que pongas en práctica en tu casa será lo que transmitas a las generaciones venideras. A veces mis hijos me preguntan por qué no participamos en ciertas reuniones.

He tenido que recordarles lo importante que es mantenerse alejado de las personas que no están viviendo en alineación con Dios, no sólo porque mis hijos todavía están frescos con su caminar, sino porque me temo que los no creyentes difundir mentiras después de que Dios ha hecho tanto en nuestras vidas.

Me niego a permitir que nadie destruya lo que costó años reparar. Desde que eran pequeños, he tenido mucho cuidado con quién permitía estar cerca de mis hijos. Podría decirse que los he protegido demasiado.

A veces, siento que soy demasiado duro con ellos porque he tenido que desempeñar los dos papeles a la vez, como madre que nutre y como padre con estructura y disciplina.

Pero lo que me mantiene con los pies en la tierra es saber que a mis hijos no les faltarán los cimientos adecuados que necesitarán para ser libres una vez que sean adultos. Van a sobresalir porque yo encontré la paz en mi interior. Sé que, si yo me curo, ellos no tendrán que sentir el mismo dolor que yo tuve que sentir de niña.

Declaro y decreto que el nivel de pobreza acabará conmigo. Los niños no tienen que pasar por los mismos obstáculos que tú para aprender. Deben tener una estructura coherente con la que vivir para que no se caigan.

Una vida de oración es el mayor regalo que puedes transmitir a tus hijos para que sepan cómo manejar adecuadamente cada situación que se les presente en la vida. Debemos predicar con el ejemplo para que ellos nos sigan. No hay tal cosa como aflojar como padre; una vez que aflojas, ellos aflojan, y el patrón continúa. Si alguna vez te caes, vuelve a levantarte, ¡pero nunca te quedes en el suelo!

Habrá momentos en los que tendrás que tomar decisiones utilizando tu mente en lugar de tu corazón. Tomar decisiones emocionales nunca puede producir una acción adecuada. Uno de mis decisiones importantes fue no permitir que su padre los tomara físicamente bajo ninguna supervi- sión. Algunas personas pueden ver esto como algo amargo o difícil. Lo que no se dan cuenta es que no importa quién sea la persona: TÓXICO es TÓXICO.

Si en el fondo de tu alma sabes que una persona no es buena, estable o sana para tus hijos, tu trabajo como padre es proteger no sólo sus corazones, sino también su salud mental. Es mucho peor para los niños tener un padre tóxico e inconstante que tener un padre ausente, porque puede aliviar el dolor de las decepciones una y otra vez.

No hay nada peor que tener un padre vivo que sólo se ocupa de ti cuando es conveniente. Esta ha sido mi experiencia personal. Me niego a que ellos experimenten el mismo vacío.

Años después..... Ahora tengo 31 años, soy madre soltera y lucho por criar a mis dos hijos. Sentía que la vida se me iba de las manos y que me quedaba sin tiempo para disfrutar de los mejores momentos de la vida de mis hijos. De hacer malabares con dos empleos, trabajar 70-80 horas a la semana, corriendo de un lado a otro para recoger y dejar a los niños, llevarlos a todas sus citas y estar al tanto de la casa.

No tener niñeras de confianza, perder trabajos, intentar mantenerme en forma, seguir a Cristo mientras intento equilibrar mi vida social y sacar tiempo para respirar no ha sido nada fácil, y la lista sigue y sigue. Estoy segura de que muchos de nosotros os sentís identificados. Estaba cansado de trabajar poco, de dedicarme a oficios y de no ver el crecimiento financiero que esperaba ver a estas alturas. Estaba harta y quería salir de la vida de madre soltera "estadística".

Me encontré trabajando para una empresa que no sólo encubría robos a personas que dependen de nosotros para que les cuidemos, sino que me reprendieron cuando decidí ser honesto y señalar un problema que estaba ocurriendo ante los ojos del director. Me llamaron mentiroso, incluso con pruebas.

El gerente supervisor respondió: "Vas a abrir una lata de gusanos si lo denuncias". Esto me recuerda un versículo de la Biblia.

Los labios mentirosos son una abominación para el Señor, pero los que actúan fielmente son su deleite. Proverbios 12:22

Recé a Dios sobre la situación y tomé la decisión de no trabajar para una empresa que carece de integridad y honradez. Sabía que Dios me ayudaría a encontrar otro trabajo. En ese momento de mi vida era mentalmente fuerte. Recuerdo que una antigua amiga estaba muy disgustada por la decisión que tomé de dejar mi trabajo. Tuve que explicarle que el hecho de que un trabajo sea necesario no controla mi mundo. No hay cantidad de dinero que me haga permanecer en un trabajo en el que carecen de moral.

Debes confiar en que Dios te guiará en la dirección correcta, porque cuando no tienes a nadie más que a Dios, ¡¡¡COFIAS EN ÉL!!! Dios lo quiere todo, y quiere quitar las cosas que se interponen en Su camino. Mi amigo no podía ver lo que Dios ya tenía obrando a mi favor. No era la primera vez que experimentaba una pérdida de trabajo.

Ya sabía cómo manejar ese tipo de situaciones.

Dios sigue guiando mis pasos y desarrollando una forma superior de Fe. *Incluso a través de mis imperfecciones, incluso si me quedé corto de la gracia de Dios a través del proceso, seguí adelante.*

¿Has vivido alguna situación similar en la que creías que Dios se ocuparía de ella?

_____

_____

_____

_____

_____

_____

_____

_____

_____

_____

_____

No se amolden al mundo actual, sino sean transformados mediante la renovacion de su mente. Asi podrán comprobar como es la voluntad de Dios: buena, agradable y perfecta.
-Romanos 12:2

Revelación

Ahora, estoy sin trabajo y tratando de planificar mi próximo paso. Mientras paseaba por mi timeline en las redes sociales, me encontré sorprendentemente con muchos memes, de meses en meses. Sí, ¡¡¡memes!!! Todos hablaban de abrir mi propio negocio.

"Tu trabajo es sólo temporal". "Serás el primero de tu familia en tener un establecimiento". "Tu afición se convertirá en una carrera". Parecía que Dios hablaba a través de cada uno de ellos. Era tan irreal. De hecho, sentí el impulso de la visión que se liberaba en mi corazón. Siempre me ha gustado el arte y a menudo tenía momentos en los que esperaba a que los niños se durmieran para ponerme en modo creativo con muchas pinturas diferentes.

Era mi manera de aliviar el estrés de mis retos diarios... Pero nunca en mi vida habría pensado en ganarme la vida con ello. En su momento, Dios intervino cuando por fin supo que me encontraba en un mejor momento mental, emocional y espiritual.

Por fin les conté a mis hijos la idea que Dios estaba poniendo en mi corazón, y la alegría de sus sonrisas iluminó la habitación. También me acerqué a las dos personas más cercanas en mi vida, mi amiga y mi padre. Les hacía preguntas al azar, pero también directas.

Una de mis preguntas fue: "¿Crees que sería capaz de abrir mi propio negocio? Mi amiga Emily ni se inmutó... y me dijo: "¡Claro que podrías!". "Eres responsable. Has mantenido tu hogar durante mucho tiempo y has cuidado de dos hijos sin ayuda financiera adicional. "Estarás bien. Puedes arreglártelas". Luego le pregunté a mi padre qué le parecía la idea de abrir un estudio de arte", y me respondió lo que yo esperaba que dijera: "Reza por ello y pídele a Dios que te lo revele".

¿Tienes alguna idea que sientes que Dios te ha revelado o te está revelando?

_____

_____

_____

_____

_____

_____

_____

_____

_____

_____

Así que la Fe viene del oír y el oír por la palabra de Cristo. Romanos 10:17

El salto de fe

Capítulo 5

Dios conocía los deseos de mi corazón incluso antes de llegar a un acuerdo. Mientras tanto, empecé a trabajar para una empresa de trabajo temporal hasta que Dios guió mi siguiente paso. Sólo un recordatorio, esta es la primera vez que me encuentro con Dios en un entendimiento más profundo. Ten en cuenta que Dios puede hablarnos de muchas maneras diferentes. En este momento, estoy super bombeado y emocionda de ver lo que el Señor me va a revelar.

En este trabajo, me crucé con un joven que resultó ser creyente. En cuanto empezamos a charlar, congeniamos de inmediato. Además, se nos conocía como los alborotadores del trabajo porque la "risa" era definitivamente un asesino en este lugar de trabajo. Sentí que Dios alineaba mis pasos y me colocaba alrededor de otros creyentes y personas alentadoras. Pasaron algunas semanas, y estamos a principios de junio, ¡¡¡y aquí es cuando Dios se muestra "Fuera"!!! Empecé a tomar realmente en serio lo que Dios seguía confirmando dentro de mí acerca de mi aventura empresarial. Empecé a tomar ACTION.... y ahora estoy en una búsqueda para encontrar un espacio comercial asequible. "No tengo ni idea de lo que estoy haciendo, ni de lo que debería estar buscando".

Me limité a rezar y Dios guió mis pasos. Volvamos a febrero. Estuve sin trabajo unos cuatro meses. En mayo, estaba trabajando en una agencia temporal, y en junio, estaba dando un gran salto de Fe. La cuenta de ahorros se estaba agotando y sólo me quedaban dos mil quinientos dólares. En este punto, estoy llorando, preguntando al Señor qué debo hacer. Me estoy quedando sin dinero, ¡¡¡y mi contrato temporal va a expirar!!! Así que me dije a mí mismo que de ninguna manera Dios me va a dejar empezar un negocio con poco o nada de dinero.

No podía procesar cómo se resolvería todo. Me puse en contacto con mi padre una vez más, preguntándole cómo se sabe si algo es la voluntad de Dios. Respondió: "Pídele a Dios una petición que sólo tú y el Señor conocéis". "Si sale adelante, es de Dios", "Si no sale adelante, probablemente quiere que esperes". Como creyente, tienes que tener en cuenta que Dios trabaja de forma supernatural. Cualquier cosa que él ponga en tu corazón, él ya ha procesado el resultado.

Mateo 22:14 dice: ***"Muchos son los llamados, pero pocos los escogidos"***. Seguro que ya has oído hablar de este versículo. Cuando seas realmente el elegido, este versículo literalmente hablará de vida a los tuyos.

Así que seguí las instrucciones de mi padre y esperé. Recé y le pedí al Señor una petición. En mis oraciones, le dije que si esto se aprobaba, era su deseo que yo avanzara en el negocio. Al día siguiente, me llamaron para decirme que me habían aprobado lo que había pedido. ¿Qué tan loco suena empezar un negocio con doscientos quinientos dólares, sin experiencia en negocios? -Sin investigar, ni un plan de negocios a la vista, solo oracion, Fe y obediencia.

No esteis afanosos por nada, sino que en todo, con oración y petición, con accion de gracias, presentad nuestro peticion a Dios. -Filipenses 4:5

¿Por qué no iba a seguir adelante? ¿Qué más puede salir mal? ¡¡¡¡¡No tengo nada que perder!!!!!

Semana 1 - Mi siguiente paso era encontrar un local para mi negocio. Esa misma semana, pude encontrar el espacio y también presentar toda la documentación adecuada que necesitaba. Durante el proceso, conocí a gente estupenda y amable.

Sabía que Dios caminaba a mi lado cuando todo se puso en su sitio muy rápidamente. Parecía *que todo se había derretido*. Así de fácil sucedió todo. Gloria a Dios". Me encontré abriendo una cuenta de negocios. Era tan irreal. Estaba muy emocionada, pero también muy ansiosa por el proceso, preocupada por si se me escapaba algo.

Semana 2-Todo el papeleo estaba fuera del camino, y ahora tenía que concentrarme en conseguir los materiales y los muebles. A medida que avanzaba en mi búsqueda, encontré literalmente cada cosa en un plazo de tiempo reducido.

Dios siempre provee en el momento adecuado. Junio de 2019 es la fecha que fijé para mi gran inauguración. Mi padre y yo empezamos a construir las mesas y a organizarlo todo.

Seguí rezando y confiando en el proceso. ¡¡¡¡Finalmente les conté a otras dos personas mis emocionantes noticias !!!! No hay nada más gratificante que contarle a alguien algo que te habías guardado para ti porque querías asegurarte de que venía de Dios.

Día de la gran inauguración- Este día fue muy emocionante. Asistieron la mayoría de las personas de mi vida. También acudieron al estudio algunas personas que no conocía.

Para mí fue el mayor logro, pero no lo sentí así porque la persona con la que quería compartir mi alegría no estaba allí.

Extraño, ¿verdad? Pensamos que aquellos a quienes queremos y con quienes compartimos toda una vida de recuerdos serán nuestro mayor apoyo. Dos cosas siempre revelarán quién está de tu lado: la elevación y las pruebas. Dios revela a tus verdaderos amigos a través de los niveles de progreso. Me decepcionó y dolió mucho que mi mejor amiga, alguien a quien conozco desde la escuela media, pusiera una excusa para no participar. Este fue el comienzo de mi Prueba de Fe.

¿Seguirías el deseo de Dios para tu vida, aunque te costara tus amistades? ¿Por qué sí o por qué no?

_____

_____

_____

_____

_____

_____

_____

_____

_____

_____

_____

Prueba de fe

Capítulo 6

Mientras seguía confiando en Dios para todos mis recursos, tuve momentos en los que me sentí muy desanimada porque pronto me di cuenta de que no tenía el apoyo emocional que quería. Cuando ves mi éxito, no ves los retos que me costó llegar a donde estoy ahora. Emprender no es tan glamuroso como parece; a veces estarás arruinado, deprimido y dispuesto a abandonar. Cuando la gente habla de su éxito, a menudo omite los retos que ha tenido que superar.

Omiten la parte en la que lloras y te desanimas por falta de apoyo moral. Aparte de mi padre, yo no tenía nada de eso. Fue muy abrumador. Lloré muchas noches, preguntándome si había hecho lo correcto.

elección: si cometía el error de abrir un negocio sin tener ningún conocimiento. Se me ocurrieron muchas cosas. Durante estos tiempos difíciles, oía decir a diferentes personas: "Deberías buscarte un trabajo a tiempo parcial hasta que el negocio empiece a despegar". Yo seguía diciendo: *"No, lo que Dios empezó lo acabará".*

Sentía que mi Fe estaba siendo puesta a prueba porque definitivamente estaba tentado de encontrar un trabajo. Las dudas empezaban a asaltarme a diario. Había gente que me daba consejos sobre cómo debía gestionar mi negocio. El hecho es que nunca han tenido experiencia empresarial. Recuerdo a mi padre espiritual, el apóstol Randall Furlow, explicando el peligro de tener a las personas equivocadas en el momento adecuado. Te puede hacer perder la próxima oportunidad. Por favor, presta atención. Algo dentro de mí no me permitía conformarme.

Sólo para recordarte que tu fe no puede compararse con la de otros creyentes, porque el nivel de fe de cada uno es individual. Cuando empiezas un negocio, es un reto porque nuestras expectativas son de crecimiento rápido.

Tendemos a empezar a comparar los resultados de nuestro negocio con un negocio ya establecido. Tienes que avanzar con la visión de Dios, tengas o no el apoyo de otros. En última instancia, Su visión es suya y no de nadie más para llevar. Lo que no nos damos cuenta cuando empezamos cualquier cosa en la vida es que usted debe empezar desde la base, que es el fundamento, y trabajar su camino hacia arriba.

Promocionaba mi negocio de puerta en puerta con temperaturas de noventa grados y de treinta grados, con lluvia o nieve. Estaba allí y en todas partes, repartiendo folletos y tarjetas de visita, interactuando con la gente y publicando diariamente en las redes sociales. Tenía que tener en cuenta que se trataba de mis ingresos. Si no lo hacía yo, ¿quién lo haría?

A veces mis hijos también me ayudaban porque era demasiado para mí sola. Tuve que aprender a crear un sitio web empresarial y a llevar mi propia contabilidad. Empecé a asistir a diferentes talleres de gestión empresarial que me ayudaron a desarrollar nuevas ideas y estrategias. Luego tuve que levantarme y hacerlo.

todo de nuevo, incluso en los días que no quería hacer absolutamente nada. Era agotador. Pero definitivamente estaba obteniendo los resultados que me había propuesto y empecé a ganar clientes, lenta pero inexorablemente.

De repente, un día, Dios puso en mi corazón enseñar artes y oficios a aquellos con los que ya tengo experiencia en el campo con ancianos y discapacitados. "¿Por qué no incorporar mi arte a través de las experiencias y habilidades que ya tengo?". ¡Qué gran idea! Así que ..... ¡Ahora estoy super emocionada!!

Empecé a ofrecer mis servicios a diferentes empresas, y me contrataban sin que me conocieran físicamente ni supieran nada de mí. Este fue el Favor de Dios, ¡Alabado sea el Señor! Incluso empecé a programar un año entero por adelantado. Caminando con Dios, no estamos destinados a quedarnos en un lugar donde no hay progreso. Cada día, desarrollé una fuerza que nunca pensé que tenía. A través del rechazo, de personas que no me apoyaban y de la frustración, adquirí la fuerza del éxito, del progreso y del coraje intrépido.

En uno de los muchos lugares donde doy mis clases, me encontré con una mujer que pidió orar por mí justo antes de profetizar. *Señales y* Maravillas-Ella comenzó a hablar acerca de mi viaje de negocios. Todo lo que ella estaba hablando estaba literalmente sucediendo delante de mis ojos, y sólo Dios y yo lo sabríamos. Ella habló de vida sobre la mía, y también me dijo que me preparara. "Dios va a abrir puertas en lugares que nunca pensaste pisar".

Puedo decir que el Espíritu Santo estaba allí mismo. Se me caían las lágrimas. Un mes más tarde, ya no tenía clases allí, y yo estaba bien con eso porque sabía en mi corazón que la única razón por la que estaba allí era para cruzarme con la joven que profetizó.

Dios me estaba dando la seguridad que tanto necesitaba en aquel momento. Las profecías son declaraciones directas del corazón de Dios, de su divina voluntad y propósito.

Signos y maravillas- Una vez más, estaba desanimado sobre cómo iba a mantener mi negocio y mi hogar. Una noche, el día antes de Acción de Gracias de 2019, me quedé con las llaves dentro de mi estudio. No tenía forma de entrar. Intenté llamar a mantenimiento y también al casero, que me dijo que no se consideraba una emergencia y que no iba a enviar a nadie.

Nadie quiso ayudarme. En este punto, las horas habían pasado, y me encontré en el estudio hasta la mañana siguiente. Estoy haciendo una estrategia sobre cómo "voy a maldecir a esta mujer (Dios todavía estaba trabajando en mí, lol) cuando la vea".

Mientras esperaba en el vestíbulo, conocí a un amigo, Kenny, a través de las redes sociales, que tuvo la amabilidad de permanecer al teléfono conmigo durante horas hasta que abrieron la puerta. Me hizo sentir valorada y reconocida.

Conexión divina-La razón por la que quería compartir esta parte de mi historia es porque este hombre ha sido un gran sistema de apoyo en mi vida. Todas las personas con las que te cruzas tienen un propósito que cumplir, ya sea momentáneo o para toda la vida.

Los desconocidos se convierten en familia. Cada encuentro, bueno o malo, forma parte de tu historia. Todavía enfadada con mi casero, Dios me estaba dando un camino para recobrarme y entender la razón. No reaccioné porque el Espíritu Santo me devolvió a *la razón por la que* me quedé fuera y por qué ocurrió exactamente como ocurrió.

Nunca habría conseguido un amigo bueno y auténtico que no sólo viajara quinientos kilómetros para apoyar mi evento, sino que me abriera el corazón para creer que hay gente buena ahí fuera. Aprender a aceptar una relación genuina sin agendas ocultas.

Sólo tienes que confiar en Dios en el proceso. Sigo confiando en Dios aunque no vea un cambio en mis circunstancias. Sigo confiando en Dios aunque esté callado.

Recuerdo que muchas veces intenté colaborar con otras empresas y no funcionó. Ahora me doy cuenta de que no estaba alineado con lo que Dios quería que hiciera. Es gracioso como experiencias como esta, tendemos a pasar por alto la "distracción". Pero no darse cuenta de que es una *conexión Divina.*

Que esto te sirva de lección cuando encuentres dificultades. En lugar de preguntar: "¿Por qué?", empieza a preguntar: "¿Qué intentas enseñarme, Señor?". Cambia tus perspectivas.

¿Te has encontrado alguna vez en una situación en la que te hayas sentido tan molesto que hayas aprendido la lección enseguida?

_____

_____

_____

_____

_____

_____

_____

_____

_____

_____

_____

LA BENDICIÓN DISFRAZADA

Al comenzar el nuevo año 2020, seguí confiando en la guía de Dios. Poco a poco empecé a ganar y atraer más clientes. Como trabajo con personas en sillas de ruedas, tuve que encontrar la manera de acomodarlas también. Le pedí a Dios que me abriera las puertas de un local más grande. A los pocos meses de abrir el negocio, Dios aumentó mis ingresos para permitirme un local más grande. Mejoré mi local comercial por segunda vez. Mi casera, con la que estaba tan enfadada hace unos meses, acabó comprando algunos cuadros, y también se puso en contacto conmigo para pedirme sugerencias sobre cómo mejorar su local y hacerlo más atractivo visualmente.

Cuando una empresa establecida viene a pedirte ayuda, es evidente que estás caminando en la voluntad del Señor. ¡Caramba!

¿Verdad? Dios me ha enseñado a mostrar misericordia con mi casero.

Si hubiera reaccionado a lo que me ocurrió hace unos meses, ¿el resultado habría sido el mismo? Por supuesto que no. Debes asegurarte de ser guiado por el Espíritu Santo y no por tus emociones. Con tus emociones, puedes potencialmente autosabotearte y perder tu bendición.

Ahora estamos en marzo, y un virus se ha apoderado del mundo: "Cov-19". Este virus no sólo afectó a la salud y causó la pérdida de vidas, sino que empezó a interferir en las empresas y se perdieron muchos puestos de trabajo. Nuestro instinto humano es dejarse llevar por el pánico, pero aprendí que preocuparse no añade ni un minuto más a tu vida. Mi negocio tuvo que cerrar durante cinco meses seguidos. Yo estaba tranquila y paralizada, pero ya sabía que Dios hace todas las cosas para Su Gloria. ¡Él ya tenía un plan!

Empecemos diciendo: "QUÉ FIEL HA SIDO DIOS". Siendo padre, cuantas menos preocupaciones tengas, más productivo serás. En este momento de mi vida, estaba lista para empezar a hacer cambios drásticos, especialmente en mi forma de vivir. Una de mis preocupaciones era que la zona donde vivíamos no era segura para criar niños. Empecé a poner en práctica mi fe.

Me *dije: "Tengo que empezar a hacer la maleta para mudarme, ¿vale?".*
Así que empecé a empacar, ...
¡Sin saber adónde iba!
Incluso llamé a la oficina de gestión y les avisé con 30 días de antelación.
Mis hijos pensaban que me estaba volviendo loca por hacer la maleta y no tener un plan.
¡¡Me reí!!
y dijo, "¡¡Lo sé, cierto!!"

He aprendido en Santiago 2:26 que la Fe sin Obras está MUERTA.

Pedí vivir en una zona segura, pidiendo detalles muy concretos: Apartamento en el primer piso, aparcamiento, lavadora y secadora en el apartamento, una habitación en el piso de abajo. Un mes de fianza y mes de alquiler, y 3 dormitorios.

Puede que esto no signifique nada para ti, porque todos nos mudamos a menudo a pisos diferentes, pero no a la zona en la que vivo actualmente. Y la manera en que todo se manifestó a partir de que tomé la iniciativa de empacar. Rezar para salir adelante en una pandemia. Donde la gente estaba perdiendo trabajos, apartamentos, casas, ¡¡¡Sorprendente!!! Encima, me estaba comprando un coche nuevo sin tener ni idea de cómo iba a mantenerlo todo. Yo solo tenia una Fe Loca.

Fui capaz de sostenerlo mientras mantenía una temporada de hambruna. Él continúa proveyendo recursos para mantener mi negocio a flote a través de una pandemia donde los negocios corporativos ¡estaban cerrando para siempre! Dios se estaba moviendo a nuestro favor. Todo por lo que había orado estaba sucediendo ante mis ojos. ¡Gloria a Dios!

Cuando todo parecía ir de maravilla, una noche empecé a sentir dolores en el pecho.......

Mi madre me llevó a Urgencias. Los médicos me hicieron un TAC. Los resultados me diagnosticaron embolia pulmonar. Se trata de una afección en la que una o varias arterias se obstruyen por un coágulo de sangre en los pulmones.

No le di importancia hasta que acabé ingresada en el hospital durante unos días en observación. Aquellos días en el hospital fueron un tormento. Había restricciones para las visitas, así que no tenía a nadie en quien apoyarme físicamente. Lo único que me quedaba era volver a confiar en Dios. Mi médico volvía para ponerme al día de mis progresos y se asombraba de lo bien que respiraba. También me dijo que, si hubiera esperado a que me examinaran, podría haber acabado de otra manera. Para los que no lo sepan, esto puede llevar a la muerte. Nunca he tenido ningún susto de salud en mi vida.

Finalmente salí del hospital. Estar allí aumentó mi deseo de crecer en la fe. Quería una dirección más clara en mi vida en cuanto a mi camino espiritual. No estaba creciendo espiritualmente en la iglesia a la que asistía.

Aunque era una iglesia maravillosa, mi sed de Dios no se satisfacía. Mi amigo Keith me invitó a su iglesia y acepté su invitación y comencé a asistir a Ekklesia Global Worship Assembly. Este tipo de iglesia estaba fuera de nuestra zona de confort para mis hijos y para mí. Eran muy ruidosos con bailes de alabanza radicales, pero algo en esta atmósfera particular era lo que yo necesitaba.

Al principio, era muy incómodo, pero al mismo tiempo, era el lugar perfecto para estar debido al gran liderazgo y estructura de mis padres espirituales, el Apóstol Randall Furlow y la Pastora Autumn Furlow. Cuando empecé a pasar por mi proceso de curación, mi Apóstol profetizó sobre mi vida y dijo que sería completamente curada y liberada de la situación actual.

Tuve que empezar a creer en el poder de hablar VIDA sobre mi vida y creer que ya estaba curada incluso antes de que me curara naturalmente. En la Biblia, Proverbios 18:21 dice: ***"La lengua tiene poder de vida y muerte, y los que la aman comerán su fruto."***

Yo lo creo, así que lo camino.... El hecho es que sí la tenía, pero la Verdad era que ya estaba curada. No permití que mi diagnóstico para superar la verdad que Dios ya había prometido sobre mi vida. Unos meses más tarde, volví a hacerme la prueba y los resultados fueron negativos para cualquier coágulo de sangre. Gloria a Dios. Me mantuve preocupada, sin entender el propósito de esta situación en particular. Lo que sí sé es que no hay nada que Dios no pueda hacer.

Alineación y Obediencia

Era el momento de subir de nivel. Buscaba un escaparate; sentía en mi espíritu que había llegado el momento de mejorar. Fui a ver un local y presenté la solicitud. Me llamaron y me dijeron que necesitaba un avalista para un local de cuatrocientos dólares. Me reí y dije: "Nunca en mi vida había oído que se necesitara un avalista para algo de menos de quinientos dólares". Lo supe al instante.

No era para mí porque tenía las cualificaciones para permitírmelo. Era la prueba de que cuando algo tan sencillo no funciona, no es para ti. Estaba a punto de trasladarme a mi tercer local en menos de dos años. Con poco sin dinero, Dios siguió abriendo más puertas. Este proceso fue un poco difícil. Llevaba unos meses echando el ojo a un espacio concreto en otra ciudad y comencé el proceso de aprobación. Sin embargo, por alguna razón, estaba tardando más de lo que esperaba. El retraso se debía a que no había ninguna categoría en la que ubicar mi negocio. Permítanme que les ponga un poco en antecedentes sobre el local comercial. Llevaba varios años vacío, cuatro para ser exactos. Hubo numerosos intentos de alquilar el local, y la ciudad denegaba automáticamente el alquiler a los posibles inquilinos. Durante más o menos el mismo tiempo que yo había estado en mi viaje espiritual, ese lugar estaba vacante. Esto es una prueba de que lo que Dios tiene para ti, no importa cuánto tiempo tardará en manifestarse en tu vida. En el momento y temporada correctos, será tuyo. ¡Esto es alucinante!

Dios bloqueó a todos los que intentaron alquilar el espacio. Lo estaba reservando sólo para mí. Sé que tengo un propósito que cumplir. Antes de que me aprobaran, me ponía en contacto con mi padre y le contaba lo mucho que tardaba el proceso. A menudo me decía que puede ser una señal de Dios diciendo que esto puede no ser para ti. He cuestionado el punto de vista de mi padre en numerosas ocasiones desde que empecé este viaje, recordándole a menudo que, aunque sea Su voluntad, no siempre será fácil.

No podía dejarme vencer por el miedo. El miedo es la razón principal por la que muchos creyentes nunca podrán cumplir su propósito en la vida. Dios puede usar a cualquiera para hacer lo que tú no harías. Empujé a través de mi fe y oré y oré hasta que se produjo un gran avance. Faith Art Studio es el primer estudio de arte en abrir en la ciudad de East Haven. Hablando de tendencias. Permítanme recordarles que no fue una gran bienvenida. Un joven hispana entrepreneur y además cristiana no era algo que entusiasmara a la gente.

Recuerdo que hablé con un cliente y me dijo que corrían rumores: "Aquí no vas a durar porque nadie te va a apoyar". Eran un montón de palabras desalentadoras. Tuve que pararle y recordarle que la diferencia entre los demás y yo es que mi FE está en DIOS y no en la gente. Yo creía que lo que Él había ya comenzado, Él terminaría. Tienes que aprender a cerrar las conversaciones negativas.

No te dejes engañar por las mentiras del enemigo. El diablo usará a cualquiera para distraerte de tu propósito en la vida. Necesitamos usar sabiduría y discernimiento para saber la diferencia. Usted tiene la autoridad de nunca permitirle al enemigo el poder de desanimarlo. Por favor preste mucha atención a esta parte del capítulo que habla de la alineación antes de que algo de esto se manifieste en mi vida.

Dios tuvo que quebrarme en lugares donde necesitaba crecer. Tuvo que sanarme en lugares en los que todavía me dolía. Permitió que surgieran dificultades en mi vida para que pudiera aprender a ser fuerte en esos momentos difíciles. Me aisló y me separó de la multitud para poder usarme.

El permitió que las relaciones se cayeran porque a donde el me estaba llevando, no todos estaban destinados a ir. El permitió que el desánimo ocurriera porque estaba probando mi Fe. El impidió que caras familiares me apoyaran para que yo pudiera aprender a confiar en El y para que El recibiera toda la Gloria. Él me enseñó a hablar sanidad sobre mi vida aún antes de que fuera físicamente curada. Ha aumentado mi fe enormemente. Él ha provisto para mí desde el principio. A pesar de todo lo que pasó en mi vida, pude construir una relación genuina con la abuela de mis hijos. Puede que no tuviera el apoyo de su padre ni el amor de mi madre, pero gané una figura materna para toda la vida. Me ha dado espacio para crecer sin juzgarme. Hemos llegado a querernos. Ha demostrado ser una abuela fiable e increíble. El amor que comparte no pasa desapercibido. He aprendido a perdonar y a rezar por el padre de mis hijos y por mi madre para que tengan más gracia por todos sus defectos.

Aunque tuve que crecer en un hogar roto, tener un padre guiado por Dios me ayudó a superar muchos obstáculos. Su amor por mí ha sido incondicional, y me ha apoyado en todos mis esfuerzos y me ha animado de una manera que nadie más ha hecho jamás. En su imperfección, fue capaz de hacer lo mejor que pudo, y le estaré eternamente agradecida. Sus planes no tienen nada que ver contigo.

Dios nos creó con un propósito específico que cumplir en Su Reino. Antes de entrar en cualquier esfuerzos de la vida, es importante que le pidas a Dios, ya sean grandes o pequeños. Él te mostrará el camino. Puede requerir algún tiempo prepararte para recibirlo, pero todo vale la pena.

Le ahorrará perder tiempo y dinero cuando esté alineado con el Señor. La salud de nuestro cuerpo funciona correctamente para llevar a cabo la voluntad de Dios en la tierra. Trabajaremos más eficiente y productivamente. Nada puede detenernos. Dios nos hace libres de limitaciones naturales. Recuerdo cuando obtuve mi diploma de bachillerato y empecé a estudiar para ser enfermera diplomada. Estudié un año y acabé dejándolo. Pero Dios tenía otros planes. Si hubiera terminado y me hubiera graduado cuando Dios quería que fuera Artista, no sólo habría perdido tiempo y dinero, sino que habría retrasado mi propósito. Muchas de las cosas que nos pasan, no suceden porque Dios quiere que sucedan.

Puede ser porque nos salimos de la voluntad de Dios. Tienes que estar dispuesto a tomar un camino que no hubieras elegido para ti mismo. Dios nos alinea en carreras, trabajos, lugares, etc... donde nos puede usar más. ***Dios no llama a los cualificados. Él califica a los llamados.***

¿Te sientes indeciso entre un trabajo o una carrera? ¿Te apasiona lo que haces, pero parece que no te llena? Tal vez sea hora de que empieces a pedirle a Dios que te guíe y comprenda lo que Él desea para tu vida.

Llevo dos años y medio en el negocio. Haciendo memoria, ¿saben cuántas veces se ha producido un descubierto en mi cuenta?

Muchas veces. Confié tanto en Dios incluso cuando mis cuentas se habían sobregirado. Seguí perseverando. Hubo meses en los que no recibía ningún ingreso o en los que algunas empresas se retrasaban en los pagos. Esto fue más difícil de soportar porque ahora estoy invirtiendo miles de dólares. El precio de la vida y de la manutención ha aumentado. Como mencioné antes, la gente me decía que "debería buscarme un trabajo a tiempo parcial hasta que el negocio empezara a fluir". Yo decía, "No, Dios no me va a dar una visión y no tener provisión" Él me sacó de la mentalidad de limitaciones porque Él tenía algo más grande para mí. No importaba como se viera la situación en ese momento, yo todavía mantenía mi FE en el SEÑOR porque creía que lo que Él comenzaba, Él lo terminaría. Este viaje no fue y no es fácil, pero la recompensa de la per- severidad y la superación de la pobreza es mayor que esos momentos de hambruna.

Desde que empecé a caminar alineada con la voluntad de Dios sobre mi vida y a aplicar la principios, Dios ha incrementado mis recursos, clientes, ingresos y oportunidades. Han pasado casi dos años desde que comencé en el ministerio con Ekklesia Global Worship Assembly. También son los primeros dos años que diezmé fielmente en un hogar de la iglesia y sembré en el Líder. No lo creerías cuando te digo cuantas veces fui aprobado para cosas que ni siquiera había solicitado solo por mi obediencia al Señor y confiando en la misión de este ministerio sobre mi vida. A través de mi negocio, he podido ayudar a guiar a muchas personas a Cristo.

Mi historia ha inspirado a otros a emprender sus negocios. Después de tres días de conocerme mi amigo Kenny recibió su liberación de fumar cigarrillos. ¡Gloria a Dios! Me he ido de vacaciones varias veces con mis hijos, he podido ayudar financieramente a muchas personas. *Señales y Maravillas*-Reflexionando sobre las vacaciones recientes, me encontré con un hombre sin hogar. Había algo en él que me llamaba la atención. No se trataba sólo de darle de comer. Era algo más profundo. No podía entenderlo hasta que *estudié la Biblia en Salmos 69:32-33 Los humildes verán a su Dios obrar y se alegraran. Que se animen todos los que buscan la ayuda de Dios. Porque el Señor escucha los gritos de los necesitados; no desprecia a su pueblo encarcelo. -Salmos 69:32-33*

El Señor escucha a los necesitados y no desprecia a su pueblo cautivo. No fue casualidad que Dios estuviera en medio de todo aquello. Llevé a este hombre a Cristo. ¡Gloria a Dios! Pude organizar con éxito una colecta de pavos con la ayuda de otra pequeña empresa. *Las conexiones divinas* de Dios me llevan a conectarme con personas de influencia. He sido invitada a entrevistas en estaciones de radio, y ahora soy anfitriona de charlas. ¿Quién hubiera pensado que un "pequeño estudio de arte" se convertiría en algo más que arte? Dios me está usando como Su recipiente de maneras que nunca hubiera imaginado. Ahora estoy escribiendo mi primer libro y permitiendo que otros entren en mi vida. Es un placer contarles todos los milagros, señales y maravillas que el Señor ha hecho.

Te insto a que busques una iglesia en la que puedas confiar, que encuentres buenos líderes amorosos que amen al Señor como mis compañeros espirituales, y que empieces a buscar a Dios con todo tu corazón. Ekklesia Global Worship Assembly es una representación del Avance en el Reino de Dios. He experimentado liberación y sanidad. No sólo estaba experimentando las obras de Dios, sino que estaba siendo testigo de mi propia sanidad. hijo romper con un sistema diseñado para limitar su capacidad de tener éxito en su educación fue una de las muchas bendiciones de nuestras vidas. Mi hijo pasó de tener dificultades en la escuela durante años a convertirse en un estudiante de honor en meses. ¡Gloria a Dios!

La parte loca de todo esto es que Dios fue quien inició cada una de las conexiones. Tuve que dejar mi trabajo para encontrar otro que me llevara a conocer a mi amigo Keith para conectarme con mi iglesia hogar. Porque yo no habría entrado allí por mí mismo, lol, Dios me colocó a propósito en cada lugar en la temporada y el tiempo debido para que pudiera entrar en alineación para ser plenamente capaz de man- ifestar Su voluntad. Este camino no siempre se trata de recibir. Podría tratarse simplemente de servir así de simple. Dios me estaba preparando exactamente por esta razón. Todo mi dolor y experiencias fueron para Su Gloria.

La mujer que soy hoy camina en plenitud y confianza al conocer mi identidad en Cristo. Soy suficiente. Soy amada. Estoy en paz interior. Soy valiosa. Estoy curada. Soy libre. Soy auténtico. No tengo miedo. Soy fiel. Soy valiente. Estoy restaurado. No me avergüenzo. Soy un recipiente para el Señor. Soy imparable. Soy hermosa. Soy intencional. Estoy COMPLETA en SU IMAGEN.

Comprender mis experiencias me llevó a poner toda mi confianza en el Señor, incluso cuando parecía casi imposible. Dios alineó literalmente todos mis pasos, hasta ahora. ¡He superado todas las estadísticas como madre soltera! ¡Gloria a Dios! A través de mis experiencias, Dios me ha recordado quién soy y el valor que aporto a este mundo. Me ha quitado todas las limitaciones de la cabeza.

¡Gloria a Dios! Soy la primera de mi familia en dirigir mi propio establecimiento. Estoy libre de perder trabajos, libre de preocupaciones, y tengo la capacidad de hacer ingresos ilimitados.

No hay nada más gratificante que poder establecer tus propias normas en tu negocio, fijar tu propio horario, ser flexible con los horarios de tus hijos y tener la libertad de planificar tus días y semanas por adelantado.

Poder hacer la obra de Dios a través de mi negocio es una alegría ilimitada que recibo a diario. Cuando empecé mi negocio, no me tener un plan de negocio, apenas tenía dinero, ni dirección, ni experiencia empresarial. No tenía pruebas sustanciales; simplemente funcionaría. Todo lo que tenía era una FE tan pequeña como una semilla de mostaza.

Él ha probado que puedes comenzar un negocio a través de señales y maravillas. Ha demostrado que Dios es capaz de usarte tal como eres. Él ha demostrado que Él puede hacer mucho con menos. Él ha demostrado que tengo más en mí de lo que podría imaginar.

Ahora tengo un negocio próspero que empezó con Fe y Obediencia. Tienes que sentir el miedo y hacerlo de todos modos: hazlo quebrado, hazlo asustado, hazlo nervioso. Dios te pide que cojas su cruz y camines con él. ***Camino en el Orden Divino de Dios......***

Aunque no te sientas digno o merecedor de las bendiciones, Dios podrá cumplir Su voluntad a través de ti. Nunca creas que tienes que estar caminando en un camino recto para llegar a Dios. Todos tenemos muchas batallas que no podemos enfrentar solos. Nunca estas demasiado lejos o roto para Dios. Dios mira tu corazón. Él puede restaurarte del dolor autoinfligido; Él es misericordioso. Deja que mi viaje te acerque a Dios, y el comienzo de tu camino de Fe. -Y a Él le damos toda la Gloria. Inspírate. ¡Tú puedes ser el siguiente!

¡Esto no ha terminado! Comienza tu Viaje con Dios ahora mismo. Lee la oración de arrepentimiento. El comienzo del arrepentimiento es creer que Dios puede y te llevará a ser una mejor persona.........

Oración de arrepentimiento

Querido Jesucristo, entiendo que es muy importante que declare mi Fe en ti; debo creer que moriste por mis pecados y resucitaste para darme vida. Por lo tanto, declaro afirmativamente que creo que moriste y resucitaste por mis pecados; te confieso como mi Señor y Salvador personal. A partir de ahora, te serviré con una mente limpia y clara, y también compartiré la historia de tu resurrección con otras personas para que también puedan creer y salvarse. Por favor, dame la gracia de permanecer fiel a ti durante todos los días de mi vida. Te lo ruego en el nombre de Jesucristo. Amén.

Cada persona tiene un familiar que rompe la cadena de maldiciones generacionales. ¡Que tú seas esa persona!

Antes de ir a ....

Tómate un minuto y síguenos en

Instagram: FaithArtStudio

Reservas: visite nuestro sitio web y envíenos un mensaje.

Www.FaithArtStudio.com

LOS QUIERO A TODOS